SCOOBY-DOO!

La course monstre

Gail Herman

Illustrations de Duendes del Sur

Texte français de Marie-Carole Daigle

D1366314

Les éditions Scholastic

Copyright © 2003 Hanna-Barbera.
Scooby-Doo et tous les personnages et éléments qui y sont associés sont des marques de commerce et © de Hanna-Barbera.
WB SHIELD : ™ et © Warner Bros.
(s03)

Copyright © Les éditions Scholastic, 2003, pour le texte français.
Tous droits réservés.

ISBN 0-439-97562-X
Titre original : Scooby-Doo! The Race Car Monster.

Conception graphique de Maria Stasavage

Édition publiée par Les éditions Scholastic,
175 Hillmount Road, Markham (Ontario) L6C 1Z7

5 4 3 2 1   Imprimé au Canada   03 04 05 06

— Il y a une place juste ici!

Fred dirige la Machine à mystères
vers une place de stationnement.

— Tout le monde est prêt à voir les courses?

— Il va peut-être pleuvoir, dit Véra. Et les gradins sont à ciel ouvert.

— Et en plus, il n'y a pas de casse-croûte! ajoute Sammy.

— R'as de r'asse-'roûte? s'inquiète Scooby. R'as r'estion!

Fred leur montre un dépliant.

— Mais j'ai reçu ce dépliant par la poste… avec
des billets gratuits!

Au même moment, un vendeur de hot-dogs pousse son
chariot devant eux. Billets gratuits? Hot-dogs?

— Mais qu'est-ce qu'on attend pour en profiter?
s'exclame Sammy.

Soudain, Sammy et Scooby
remontent dans la fourgonnette.
Sammy claque des dents.
Scooby a le poil tout hérissé.

— On-on-on a v-vu
qu-quelque chose! dit Sammy.

— Quoi donc? demande Véra.

— Un r'éant! répond Scooby.
Un r'éant aux 'rosses r'ents
'ranches.

— Un géant? s'étonne Véra.
Aux grosses dents blanches?

Les autres regardent autour.

Mais ils ne voient rien.

— En êtes-vous sûrs? demande Véra.

Vous devez vous tromper.

— Hot-dogs! Qui veut des hot-dogs? Frites! Format géant! crie le vendeur ambulant.

— R'iam! dit Scooby, le museau en l'air.

— Bon, on s'est peut-être trompés, dit Sammy.

Quelques minutes plus tard,
les amis s'installent dans les gradins.

— On voit bien d'ici, dit Sammy.

— La première course va commencer,
dit Daphné.

Un homme agite un drapeau à la ligne de
départ. Les voitures démarrent en trombe.

— Wow! s'exclame Fred.

Elles vont vraiment vite!

Les bolides font le tour de la piste et
passent de nouveau devant les gradins.

— Regarde-moi ces pneus! dit Sammy.

— R'ouais! dit Scooby.

Il se penche au-dessus de la barrière pour mieux voir.

13

— Pas trop près, mon vieux, dit Sammy.

Soudain, un moteur pétarade. Sammy et Scooby
sursautent et passent par-dessus la barrière!

Paf! Ils tombent en plein sur une voiture de course.

— Tiens bon! crie Sammy.

— R'oh! R'oh! s'écrie Scooby.

Le géant est revenu! Avec ses crocs et ses yeux injectés
de sang. C'est vraiment un monstre!

La voiture file devant lui.

Grrrr! Le monstre rugit.

Terrifiés, Sammy et Scooby bondissent
dans les airs.

Paf! Ils atterrissent de nouveau dans les gradins.

— Arrêtez de faire les fous, dit Fred.
Je veux suivre la course, moi!

— Le r'onstre! crie Scooby.

— On a revu cette… cette chose! balbutie Sammy.
Et c'est vraiment un monstre!

— Ouais, ouais, répond Fred sans quitter la course des yeux. Si vous le dites…

— Tu n'as pas entendu, Véra? Et toi, Daphné?

— Plus vite! crient les autres, emballés par la course. Sammy et Scooby se laissent tomber sur leurs sièges. Personne ne les écoute.

Enfin, la course se termine.

— Tu disais quelque chose? demande Véra.

— On a revu le monstre! s'exclame Sammy.

— Il fallait le dire plus tôt! lui reproche Fred. Faisons une enquête!

Véra est d'accord.

— Commençons par le terrain de stationnement. C'est là qu'ils ont vu le monstre la première fois.

— Je ne retourne pas là, déclare Sammy.

— R'oi r'on r'lus, enchaîne Scooby.

— Voyons, les gars, dit Fred.

Sammy et Scooby hochent la tête.

— S'il vous plaît… insiste Daphné.

Ils hochent la tête encore plus fort.

— Il y a des Scooby Snax dans la fourgonnette, dit Véra. Et elle est justement garée là-bas.

STATIONNEMENT

Les amis retournent en vitesse à la fourgonnette.

Véra en sort plein de choses.

— Ces Scooby Snax étaient pourtant là, dit-elle.

Soudain, un grondement terrible résonne dans

le stationnement.

Les amis se précipitent pêle-mêle
dans la fourgonnette.
Crac! Scooby atterrit dans les Scooby
Snax.
— Miam, on n'en gaspillera pas une
miette! dit Sammy en s'empiffrant.

Grrrr! Le monstre se dresse devant eux.

— Aïe! gémit Sammy.

Le monstre est aussi haut que les arbres.

Ses crocs étincellent.

— Sauvons-nous!

La Machine à mystères démarre.

Mais le monstre est juste derrière.

Il les pourchasse. Il se rapproche!

Tout à coup, d'autres monstres surgissent.

Des douzaines de monstres. Tous de couleurs
différentes. Tous d'allures différentes.

— Je vais sur la piste! crie Fred.

C'est notre seule issue!

Véra regarde vers les gradins.

La foule applaudit.

« Ça alors! se dit-elle. C'est vraiment

bizarre… »

Puis une idée lui vient. Elle s'empare du dépliant qui annonce la course.

— Tu parles d'un moment pour lire! lui lance Sammy. Je te signale qu'on est pourchassés par des monstres!

— Ce sont effectivement des monstres, répond Véra. Des camions qui participent à une course monstre!

Véra leur lit le programme
de la course.

— Écoutez : « Deuxième épreuve :
Course monstre de camions ».
Au même instant, ils franchissent la ligne
d'arrivée. Fred applique les freins. Tout le monde
descend de la fourgonnette.

— Vous voyez? dit Véra. Ces camions sont arrangés
de façon à ressembler à des monstres. Avec des crocs
et tout le reste!

Un homme s'approche d'eux et leur tend
un trophée.

— Félicitations! dit-il.

— R'on a r'agné! s'exclame Scooby.

— C'est super! dit Sammy. On a gagné
sans même essayer!

— Scooby-Dooby-Doo!